Josef Haltrich

Culturhistorische Skizzen aus Schässburg

Antigonos

Josef Haltrich

Culturhistorische Skizzen aus Schässburg

Unveränderter Nachdruck der Originalausgabe von 1867.

1. Auflage 2024 | ISBN: 978-3-38613-413-2

Antigonos Verlag ist ein Imprint der Outlook Verlagsgesellschaft mbH.

Verlag: Outlook Verlag GmbH, Zeilweg 44, 60439 Frankfurt, Deutschland
Vertretungsberechtigt: E. Roepke, Zeilweg 44, 60439 Frankfurt, Deutschland
Druck: Libri Plureos GmbH, Friedensallee 273, 22763 Hamburg, Deutschland

Culturhistorische Skizzen

aus

Schäßburg*)

von

Josef Haltrich.

(Größtentheils vorgelesen in der Generalversammlung des Vereines für siebenb. Landeskunde in Schäßburg am 31. Juli 1867.)

Als der Verein für siebenb. Landeskunde vor bald 11 Jahren zum zweitenmale in Schäßburg tagte, legte mein Freund Friedrich Müller den verehrten Gästen den Umriß eines Bildes von Schäßburg und seiner Umgebung aus der ältesten und ältern Zeit vor; ich wage es, den flüchtigen Umriß eines, wenn auch in manchen Beziehungen andern Bildes von Schäßburg aus der jüngern und jüngsten Zeit der diesmaligen Festversammlung vorzuführen.

Das äußere Aussehen der Stadt und das gesammte Leben in derselben hat seit nicht gar lange, besonders seit dem Jahre 1848 mancherlei Wandlungen und Neugestaltungen erfahren. Was zunächst das äußere Aussehen der Stadt betrifft; so erwähne ich da das in den letzten Dezennien erfolgte Abtragen alter Befestigungswerke: des Hüllgässer, Baiergässer und Mühlgässer Eingangsthores, des Fischerthurmes vor dem Mühlgässer Thor 1846, des seit 1809 als altehrwürdige Ruine bastehenden Goldschmiedthurmes 1863, an dessen Stelle in demselben Jahre die neue Turnhalle erbaut worden, das Abtragen der Burgmauer bis unter die Schießlöcher vom Fleischerthurm an bis zum Stundthurm, des Weber

---

*) Die bei Lebrecht: „Versuch einer Erdbeschreibung des Großfürstenthum Siebenbürgens ꝛc. Erste Auflage. Hermannstadt 1789. S. 100 angeführte: Topografische Beschreibung Schäßburgs in den „Siebenb. Zeitungen Jahrgang 1784 Nr. 92 ff.“ habe ich bis jetzt leider nicht zu Gesichte bekommen können.

thurmes mit dem darunter befindlichen Thore und der Verbindungs=
mauer zwischen beiden, des Mühlgebäudes am Ausgang der Mühl=
gasse 1867, — das Beseitigen der Fallgitter an den Burgthoren,
des „hölzernen Pflasters" aus Eichenpfosten in der Thurmgasse der
Burg, der sogenannten Markt= und langen Brücke — ebenfalls
hölzernes Pflaster —; ich erwähne ferner die Anlegung von Baum=
gärten am Bergabhang zwischen Seiler= und Fleischerthurm, von
Gärten über dem Markt, der Hüll= und Mühlgasse, von Alleen
unter der „Schanze" und auf und unter dem Münchhof — die
letztern 1866 begonnen und 1867 vollendet — die Pflasterungen
in der Stadt: der Mühlgasse und vor der Spitalskirche, der Burg
theilweise 1851 und 1852 und dann später, die Herstellung des
Gangpflasters (Trottoirs) in der Baiergasse, Hüllgasse, Schaas=
gasse, das Pflastern des Marktplatzes 1862, den Bau der neuen
Mühle und des Mühlenkanales 1857 und 1858, der Cavallerie=
kaserne — 1858 vollendet — die ersten Versuche der Gassenbeleuchtung
mit Oel 1858, dann nach Jahre langer Unterbrechung mit Petroleum
begonnen am 29. Juli 1867, und endlich als das schwerste und
kostbarste, aber auch nützlichste Riesenwerk, das an 50,000 fl. österr.
Währ. gekostet hat: die Ableitung des Schaaserbachs. Mittwoch
den 26. Februar 1862 Nachmittag 3 Uhr wurde der Bach in das
neue Bett eingelassen. Nachdem am 2. September 1851 eine der
größten Ueberschwemmungen*) seit Menschengedenken die am Bach
gelegene Unterstadt heimgesucht hatte, wurde diese auch nach der
Bachableitung am 18. Juni 1864 noch einmal durch eine Ueber=
schwemmung überrascht, indem der Bach den Damm beim alten
Einflusse durchbrochen hatte. Seither hat aber der Bach sich das
neue Bett so tief gegraben, daß von nun an wohl keine weitere
Ueberschwemmung, wenn nicht außerordentliche Ereignisse eintreten,
zu fürchten ist. Die Baiergässer sind nun freilich des Genusses
beraubt, den fast alle Jahre wiederkehrenden „Eisrumpler" zu sehen
— denn selten, wie man hier zu sagen pflegt, fraßen die Maden
das Eis, d. h. selten schmolz das Eis allmählig und unvermerkt
durch die Sonnenwärme — bei jedem heftigen Regenguß zu schanzen
und manche auch des bequemen Vergnügens, aus dem vorrüber=
rauschenden Bache Wasser zum Rasiren durch das Fenster sich schöpfen
zu können, welches Vergnügen ein Bürger bei der Ueberschwemmung
am 2. September 1851 sich verschafft haben soll. Noch harrt das
alte Bachbett in der Stadt der Regelung und Unschädlichmachung

---

*) Die Höhe des höchsten Wasserstandes dieser Ueberschwemmung ist
an einigen Häusern der Baiergasse bezeichnet worden und noch zu sehen.

feiner Ausdünstungen und der Bau des Stadtwirthshauses, bereits den Vätern ein frommer Wunsch, der endlichen Ausführung.*)

Das Aeußere der meisten Wohnhäuser hat allmählig eine andere Gestalt erhalten; Steinbau mit Backsteinen ist jetzt vorherrschend bei den Wohnhäusern; dann folgt gemischter Holz- und Steinbau; reiner Holzbau findet sich bei Schopfen und Scheunen. Die Ziegeldächer haben bei den Wohnhäusern über die Schindeldächer bereits das Uebergewicht erlangt und die Strohdächer sogar auf den Scheunen sind bis auf eines oder zwei verschwunden. Blech- und Pappdächer, die in andern siebenb. Städten bereits vorkommen, hat Schäßburg bei Wohnhäusern — das Bogeschdorfer'sche in der Baiergasse ausgenommen, das theilweise mit Blech gedeckt ist — noch nicht; die Spitze des Stundthurmdaches, die kleinen Thürmchen darauf und das Schulthürmchen sind mit weißem Blech gedeckt; blecherne Dachrinnen haben in den letzten Jahren, nachdem das Haus von Baptist Misselbacher längst den Anfang gemacht hatte, nun viele Häuser erhalten; zwei Häuser sind durch Altane, eines durch einen Erker geschmückt; mit besonderer, aber einfacher Mauererornamentik gibt es aus neuester Zeit auch einige Häuser; aus etwas älterer ist das früher Paul Gooß'sche Haus, jetzt städtisches Eigenthum, zu erwähnen. Hausinschriften und Spuren davon finden sich noch in der mittlern und obern Baiergasse und in der Schaasgasse.

Schäßburg ist zwar wesentlich G e w e r b stadt; doch wird nebenbei hier auch der Landbau betrieben und bei der ungefähr 1½ Flächen Meilen großen Gemarkung der Stadt **) sind die

---

*) Am 23. September 1867 hat der Schäßburger Baumeister Michael Benjamin Gräf im Lizitationswege den Bau um 39000 fl. österr. W. (präliminirt waren 56000 fl) nebst Beistellung des Eichenbauholzes und 600 Klafter Holz zum Ziegelbrennen von Seite der Stadt, erstanden. In drei Jahren soll dem Vertrag gemäß das Stadtwirthshaus fertig sein

**) Nach dem bisher bestandenen Lagerbuch hat die Gemarkung von Schäßburg:

1. produktiven Boden:	Aecker:	3253 Joch,	1130 □	Klafter.
	Wiesen:	4098 „	607	„
	Weingärten:	162 „	455	„
	Hutweiden:	522 „	2 4	„
	Waldungen:	7347 „	1119	„
	Zusammen:	15184 Joch,	355 □	Klafter.
2. unproduktiven Boden:		827	253	„
	Gesammtsumme.	16011 Joch,	608 □	Klafter.

Nachdem die in letzter Zeit wiederholten Vermessungen der städtischen

meisten Bürger zugleich Grundbesitzer. Die Betreibung der Feld=
wirthschaft ist aber im Ganzen bei uns noch eine sehr primitive;
wir haben nicht wie die Belgier intensive, sondern extensive Wirth=
schaft und meist Theilbau (der Grundeigenthümer erhält beim
Wälschkorn in der Regel die Hälfte des Ertrags, beim Heu oft $3/5$);
auf vielen Feldabtheilungen wird eine und dieselbe Fruchtgattung,
namentlich Wälschkorn fort und fort gebaut. Was die Benutzung
des Düngers betrifft, so bildet Schäßburg mit den meisten Ort=
schaften Siebenbürgens noch ein Extrem zu Japan und China;
eine Menge des besten Düngers fließt jährlich noch nutzlos in der
Kockel hinab. Obwohl der Boden von der Grundlast des Zehntens
befreit worden, sind doch der freien vollständigen Benützung des=
selben durch die Vierfelderwirthschaft und den sie bedingenden
Weidezwang, dem sich übrigens Jeder durch Umzäumung seiner
Grundstücke entziehen kann, ferner durch den Mangel an den
nöthigen und kundigen Arbeitskräften noch Fesseln angelegt. Was
die Anwendung der Naturwissenschaft, insbesondere der Chemie und
Technologie für die Hebung der Landwirthschaft anderswo Großes
geleistet, war bisher für uns wie noch gar nicht vorhanden. In
der neuesten Zeit aber fängt man nach dem von Johann Kinn seit
8 Jahren gegebenen Beispiele an, neue Pflüge zu gebrauchen, wäh=
rend das nahe Halvelagen bereits auch die neue Sä= und Jäte=
maschinen beim Wälschkornbau anwendet. Die vorzüglichsten Natur=
produkte Schäßburgs sind: W ä l s c h k o r n , das Hauptprodukt;
dann W e i n , der mit dem Ruhm der guten Hausfrau sich be=
gnügen muß, indem über seine Güte nicht gesprochen wird;
W e i z e n wird verhältnißmäßig wenig gebaut; H o p f e n b a u
wurde versucht, aber trotz des lohnenden Ertrages nicht fortgesetzt;
F u t t e r b a u ist in Angriff genommen worden. Die vielen
O b s t p f l a n z u n g e n in den zahlreichen Baum= und Gemüse=

Gemarkung sich als ungenau erwiesen, läßt endlich die Stadt durch den Herrn
Geometer Franz Fischer eine neue Vermessung und die Anlegung eines Grund-
buches durchführen. Für diese Arbeit, welche am 17. Juli 1865 begonnen
und Ende September 1867 ihren Abschluß finden wird, erhält:

1 Geometer Fischer . . . . 8500 fl. österr. W.
2. Für Indicatoren, Begränzungsausschuß, Hilfsper=
    sonal, Vorladungsgebühr, beigestelltes Material,
    Druckforten, Commissionsgebühren bei Gränz=
    streitigkeiten, Repartionsoperat zur Einbringung
    der Kosten von den Grundstücken beiläufig: 4000 „   „

                        Zusammen 12,500 fl österr. W.
Die ganze Gemarkung hat nach dieser Vermessung 12623 Parcellen.

gärten um die Stadt, namentlich die Kirschbäume liefern nicht mehr einen so reichen Ertrag als früher. Auf die Pflege und Verbreitung edler Obst- und Rebensorten verwenden manche unserer Mitbürger ausdauernden Fleiß. Die Pflanzung von Maulbeerbäumen in größerem Maßstabe ist mehrfach in Angriff genommen, Versuche mit Seidenwürmerzucht sind auch wiederholt mit Erfolg gemacht worden und diese würde hier rasch in Aufnahme kommen, wenn der Absatz der Cocons einmal gesichert wäre. Die Bienenzucht wird spärlicher und mehr aus besonderer Liebhaberei denn um des Nutzens willen betrieben. Schäßburg ist verhältnißmäßig reich an Wald (Eichen, Buchen, Espen), der sich einer geregelten Forstkultur erfreut. Eigenthümlich sind Schäßburg und einigen Ortschaften der Umgegend die kernlosen Berberitzen.

An Pferden, Rindvieh, Büffeln, Schweinen hat die Stadt kaum für das eigne Bedürfniß genug, Ziegen, die nur Arme und Kranke halten dürfen, gegen die ältere Zeit sehr wenige, nämlich jetzt 37 St., nach einer Notiz im Schäßburger Magistratsprotokoll wurden im November 1778 auf einmal 270 Ziegen eingetrieben. Die seit etwa 40 Jahren in Schäßburg weilenden abscheulichen Ratten haben sich dafür ohne Hege in erschreckendem Maße vermehrt.

„Handwerk hat einen goldenen Boden!" galt in Schäßburg vor dem Jahre 1848 von den meisten Gewerben; die Weber und Kupferschmiede hielt man jedoch für am meisten beneidenswerth. Aber seit der Zeit sind die Kupferschmiede sehr herabgekommen und die Weberei ist seit 1854, seitdem die englische und amerikanische Leinwand durch die Donaufürstenthümer nach Siebenbürgen hereinconcurrirt und durch die Baumwollkrise in Folge des Nord-Amerikanischen Krieges, obwohl sie jetzt nach einem schweren Schlage sich wieder etwas erholt hat, sehr gefährdet. Jetzt noch sind Baumwollleinwand, dann blaues Kittelzeug, quadrillirtes Zeug, Blaugarn gesuchte Schäßburger Fabrikate. Die beiden Materialhandlungen Misselbacher und Teutsch setzen noch jährlich an 20,000 Bündel Garn (das Bündel à 5 fl. österr. Währ. jetzt im Preise) an die Weber in Schäßburg ab. 1854 führte Johann Kabler jun. die erste Chlorbleiche in Schäßburg ein, die jetzt allgemein im Gange ist. Ferner sind unter den Fabrikaten hervorzuheben: Seilerarbeiten (Taue und Taschen zum Salzgewinnen werden öfters nach Maros-Ujvár ꝛc. geliefert), Leim, Leder, Hüte, grobe Filzhüte und feine. Die letzteren von den beiden Hutmachern Johann Hoch jun. seit 1853 und Friedrich Folberth seit 1865 verfertigt; Tischlerarbeiten für das Landvolk; den Kunsttischlerarbeiten macht schon das Ausland, namentlich Wien starke Concurrenz. Seit Ende September

1854 ist auch ein vielgesuchter Zahntechniker und zwar der erste in Schäßburg, nämlich Karl Groß, der im Winter regelmäßig in Klausenburg domicilirt und seit September 1863 hat die Stadt in Friedrich Mild einen sehr geschickten Uhrmacher der seit dem 10. August 1867 eine elektrische Uhr[1] — wohl die erste in Siebenbürgen — im Gange erhält Einen Namen hatte hier auch der vor einigen Jahren verstorbene Karl Devai als Uhrmacher, von dem manche Thurmuhren der Umgegend herrühren. Schäßburg hatte in dem 1852 verstorbenen Johann Gooß einen sehr geschickten Altarbauer und Kunsttischler und in dessen am 8. Mai 1837 leider zu früh verstorbenem Sohne Johann Gooß einen talentirten Orgelbauer, besitzt noch in Friedrich Binder einen vielgesuchten Orgelbauer und in dem jungen Karl Henning, der längere Zeit im Ausland, auch in England war, einen kunsterfahrenen Kupferschmied, der in seinem Hause im vorigen Jahre ein russisches Dampfbad nebst Wannenbad eingerichtet und in diesen Tagen in seinem Hofe einen hydraulischen Widder mit einem Reactionsrade aufgestellt hat. Erwähnenswerth sind noch die Faßbinderarbeiten, darunter die größern Fässer von Riseri 2c. 2c. Im Ganzen hat Schäßburg jetzt 24 Gewerbe, welche zu Genossenschaften zusammengetreten sind und 30 vereinzelte. Daß die Aufhebung des Zunftzwanges, besonders aber die Herabminderung des aufdingungsfähigen Alters der Lehrjungen, der mangelnde obrigkeitliche Schutz bei Handhabung älterer Meister- und Gesellennormen der Güte der Arbeit bis jetzt nicht förderlich gewesen, wollen manche behaupten.

Eine Alphabetdruckerei für den Elemantarschulunterricht hat der frühere Elementarlehrer, jetzt Siechhofprediger Andreas Unberath mit mühsamem Fleiße sich selbst geschaffen und manche Elementarschule in der Umgegend von Schäßburg und zum Theil auch in größerer Entfernung mit Alphabeten für Lesemaschinen versehen. Daniel Adleff errichtete im Jahre 1850 die erste Spiritusfabrik in Schäßburg, deren allmählig nach dem Eingehen vieler kleinern Branntweinbrennereien in Folge der hohen Besteuerung mehrere entstanden; jetzt sind deren fünfe, wenn auch nicht alle fortwährend im Gange. Die Liqueurfabrikation von Josef Scheménh; 1850 begonnen, wurde von Johann Leonhardt seit 1855 in größerm Maßstabe fortgesetzt. Die Essigsiederei betrieb zuerst 1853 derselbe Josef Scheménh; ihm folgten Josef Binder, Johann Radler, Johann Leonhardt, Majorkowitsch.

„Das Lebensprinzip für Handel und Verkehr sind gute Straßen; ohne diese bleibt Waare und Geld todt." *) Nach Schäß-

---

*) Wachsmuth Culturgeschichte III Bd. S. 286.

burg führen nun in neuerer Zeit aus drei Richtungen Kunstraßen (Chausseen): von Hermannstadt, Maros-Vásárhely, Udvarhely; von Reps aus wird an einer gebaut. Nach Großschenk, Agnetheln und dann nach einigen andern Ortschaften der Umgegend gehen noch mehr oder weniger einfache, oft hin und her sich schlängelnde Naturwege, so nach Arkeden (von Teufelsdorf weiter hinauf), Denndorf, nach den Weinortschaften: Zenbersch, Rode 2c. 2c., welche bei schlechter Witterung nur von Nothgedrungenen, oder Vorwitzigen und Verwegenen befahren werden. Die frühere Blüthe des Schäßburger Weinhandels knüpft man merkwürdiger Weise auch an die schlechte Straße über Agnetheln und Schäßburg nach Birthälm und Mediasch, namentlich an die Gefährlichkeit der „Atelshille", wo ehemals viele Pferde ihre Haut gelassen haben sollen, indem die Kronstädter und Szekler Weinhändler über Schäßburg hinaus oft durchaus nicht fahren konnten und so gezwungen waren, in Schäßburg zu kaufen.

Die Anlegung von guten Straßen ist aber im ganzen Lande, ja im ganzen Reiche neuern Ursprungs; sie haben den Verkehr ungemein belebt. Die Fahrten nach Hermannstadt, SächsischRegen, zu denen man früher zwei, drei, bei schlechter Witterung sogar bis vier Tage brauchte, macht man jetzt in der Regel an einem Tag. Michael Helwig war der erste, welcher nach beiden Richtungen und Städten an e i n e m Tage regelmäßig zu fahren im Jahre 1847 begann; ihm folgten die andern Fuhrleute bald nach; Fahrten nach Udvarhely, Maros-Vásárhely, Birthälm, Elisabethstadt und Mediasch macht man jetzt wie Spazierfahrten. Auch Reisen ins weite Ausland zum Vergnügen, durch die Eisenbahnen außerhalb Siebenbürgen begünstigt, sind jetzt nicht selten, während früher nur Kaufleute, Studirende, Handwerksburschen in Folge ihres Berufes hinauszogen. Lange Zeit war der vor Kurzem verstorbene Arkeder Pfarrer Georg Simonis der einzige, der in Paris und London gewesen, jetzt zählen sie bald nach Dutzenden in Schäßburg, welche diese großen Weltstädte oder wenigstens Wien, einen Theil von Deutschland oder Italien gesehen. Sogar Frauen in Begleitung ihrer Männer wagen es nun, die Fahrten hinaus mit zu machen. Auch sind durch die guten Straßen die Einspänner möglich geworden. Welch ein Fortschritt gegen die Zeit vor 100 Jahren! Der Schäßburger Magistrat machte 1772 Folgendes bekannt: „Comes Nationis*) berichtet sub dato 30. September 1772, daß eine Landkutsche und Frachtwagen den 6. Oktober a. c.

---

*) Damals Samuel von Baußnern.

in Hermannstadt eintreffen und sich ein Paar Täg daselbst auf=
halten werde, verlangt daher es publiciren zu lassen, daß wofern
Jemand entweder in Person auf Wien reisen oder etwas mit
leichten Kosten hinauf zu schicken belieben möchte, sich dieserwegen
auf dem „Mediascher Hof" oder bei dem „goldenen Löwen" in
Hermannstadt zu melden haben wird." Vor einer Reise nach Wien
pflegten damals Kaufleute nicht nur wegen der langen Dauer der
Fahrt, sondern auch wegen der größern Gefährlichkeit der damaligen
Reise das heilige Abendmahl zu nehmen. Einkehrwirthshäuser gab
es in kleinern Ortschaften früher nur spärlich, oder gar nicht,
dafür wurde die patriarchalische Gastfreundschaft gepflegt; bei Reisen
und Fahrten im Lande hatte man wechselseitig überall seinen
„Wirthen," bei dem man einkehrte und Herberge fand.

Die guten Landstraßen haben auch den Verkehr und die Be=
rührung der Gebildeten in den einzelnen Städten in der neuern
Zeit möglich gemacht. Mediasch und Schäßburg, fast nur so zu
sagen einen Katzensprung von einander entfernt, waren in mancher
Beziehung wie durch eine chinesische Mauer von einander getrennt;
Kreise, die nicht mit einander nothwendig verkehren mußten, blieben
sich das ganze Leben hindurch fern; die Rectoren und Lehrer der
Gymnasien in den beiden Schwesterstädten z. B. wurden neben
einander alt, ohne einander je gesehen zu haben. Die Vereine
und Vereinswanderversammlungen waren auch nur durch die guten
Straßen möglich; sie nun haben dem Verkehr der Gebildeten unter
einander aus den weitesten Kreisen des Sachsenlandes besondern
Aufschwung gegeben.

Eine bedeutende Förderung des Verkehres bildet auch das
Postwesen. Nach Familientraditionen war der Großvater vom Dr.
medic. Karl Wolf und Senator Franz Wolf der erste Postmeister
oder Posthalter in Schäßburg, als dessen Postschreiber der Feldscher
Bacon fungirt haben soll, der dann in Schäßburg sich niederlassend
eine Anstellung beim Magistrat als Divisoratsschreiber erhielt.
Die Zeit der Errichtung der Poststation Schäßburg läßt sich auf
Grund einer Aufzeichnung im Schäßburger Magistratsprotokoll be=
stimmen. „Den 7. November 1756 werden zwei Gubernial-Com-
missiones verlesen, die eine wegen aufzustellender Posten, also daß
von Csik die Briefe nach Udvarhely, von hier nach Schäßburg
und daher nach Agnethlen und endlich von dort auf Hermann=
stadt ohne Säumniß sollten befördert werden." Wenn diese Guber-
nial-Commissiones nicht, wie es bei manchen andern Gubernial=
Verordnungen, namentlich über jährliche Kartoffelbauberichte der
Fall gewesen zu sein scheint, mit Hochachtung ad acta gelegt
worden, so kann die Aufstellung der Schäßburger Poststation an

das Ende des Jahres 1756 oder den Anfang 1757 gesetzt werden.
Warum aber nicht die vorgezeichnete Route über Agnetheln, son=
dern die jetzt bestehende über Mediasch nach Hermannstadt her=
gerichtet worden, darüber weiß ich jetzt nichts zu sagen.

Die Post beförderte bis in die jüngste Zeit herab in Schäß=
burg nur Briefe und brachte auch nur Briefe und einige Zeitungen
und zwar anfänglich wohl nur alle 14 Tage oder 8 Tage einmal;
erst in neuerer Zeit kam und ging sie in der Woche zweimal und
zwar war es anfangs die reitende, später Karrenpost. Die täglich
kommende und abgehende Wagenpost für Personen und Waaren
und zwar aus und nach den beiden Richtungen Hermannstadt und
Bistritz datirt erst seit dem Minister Bruck. Vor dieser Zeit
mußten Geld= und Waarensendungen ins Ausland zur Beförderung
durch die Post von hier nach Hermannstadt überschickt werden.
Täglich geht die Briefpost und zweimal in der Woche der Post=
wagen über Udvarhely in's Szeklerland und ebenso kommt täglich
von da die Briefpost und wöchentlich zweimal der Postwagen.
Seit einem Jahre besteht auch eine dreimalige wöchentliche
Postverbindung Schäßburg's mit Kronstadt über Reps neben
der Postverbindung über Hermannstadt. Briefe, Zeitungen und
Waarensendungen kommen nun täglich in stets wachsender Zahl
nach Schäßburg und gehen ebenso Briefe und alle Arten von
Geld= und Waarensendungen ab nach allen Richtungen der Wind=
rose. Von Zeitungen kamen in früherer Zeit nach Schäßburg:
die Jenaische, dann die Hallesche Literaturzeitung, einige pädag.
und kirchliche Zeitschriften, die Preßburger deutsche Zeitung, die
Pest=Ofner Zeitung, der Siebenbürger Bote; Hauptmann Friedrich
Wultschner*) war der erste in Schäßburg und der Umgegend,
welcher im Jahre 1835 die „Augsburger Allgemeine" für sich zu
lesen begann. Modezeitungen, die Wiener Theaterzeitung fing
man um dieselbe Zeit und etwas früher an, gesellschaftsweise zu
lesen. Die durch Johann Gött in Kronstadt im Jahre 1837 mit
den Worten: „Ich muß was drucken, ich kanns nicht aushalten,"
eröffneten Tageblätter, zuerst unter dem Titel: „Siebenbürger
Wochenblatt" in Verbindung mit dem „Unterhaltungsblatt", aus
dem später die „Blätter für Geist, Gemüth und Vaterlandskunde"
hervorgingen, dann 1840 den 13. Januar in Verbindung mit dem
„Satellit der Siebenbürger Wochenblätter" der seit Einfüh=
rung des Zeitungsstempel einging, das Hauptblatt endlich seit
1849 als „Kronstädter Zeitung", welche eigentlich zuerst eine
Opposition im Sachsenlande ins Leben riefen und selbst bildeten
und welche die Geister von Broos bis Draas und im Burzen=

---

*) Gestorben am 11 August 1867.

und Nösnerland überaus weckten und belebten, fanden in Schäßburg und der Umgegend einen sehr eifrigen Leserkreis. Von da an,
besonders aber seit dem Jahre 1850 mehrte sich die Zahl der nach
Schäßburg kommenden inländischen und ausländischen, politischen,
literarischen, fachwissenschaftlichen, technischen, belletristischen ꝛc. ꝛc.
Zeitungen und der gelesenen Exemplare einzelner so sehr, daß der
jetzige diesfalsige Consum der Stadt ein verhältnißmäßig bedeu-
tender genannt werden kann.

Am 26. November 1863 wurde von der neuerrichteten Tele-
grafenstation Schäßburg zum erstenmale telegrafirt. Damit trat
auch unsere Stadt als Glied in den großen Weltverkehr. Was
in einer Ortschaft des Schäßburger Stuhles im Jahre 1849 noch
möglich gewesen, daß man daselbst von der Anwesenheit der Russen
im Lande erst dann erfuhr, als sie bereits im Begriffe waren,
wieder abzuziehen, ist nun für Schäßburg nicht möglich. Mit dem
Ohr des Telegrafen können wir nun sogleich oder doch schnell
hören, was in Paris, London, Amerika ꝛc. ꝛc. geschieht.

Die Eisenbahn, so sehnsüchtig erwartet und so vielbesprochen,
kommt endlich auch in das Land und uns näher; sie wird dem
Verkehr wie mit einem Schlage den höchsten Schwung, aber auch
ganz neue Wege und Richtungen geben und das Leben in manchen
Beziehungen rasch anders gestalten. Das A und das O, für alle
aber, die bei den bevorstehenden Veränderungen nicht zu Grunde
gehen wollen, ist: sich in die Zeit schicken und lernen, lernen, lernen.

Dem Handel und Verkauf in Loco dienen drei Jahrmärkte
(Montag nach Invocavit, Montag nach dem zweiten Sonntag
Trinitatis und den 4. November) und ein Wochenmarkt am Don-
nerstag. Zu dem Wochenmarkte im nahen Keresztur (Samstag)
dann zu den Jahrmärkten in Agnethlen, Birthälm, Bistritz, Broos,
Elisabethstadt, Fogarasch, Großschenk, Hermannstadt, Karlsburg,
Kronstadt, Mediasch, Reps, Csik-Szereda, Szamos-Ujvár, Thorda,
Udvarhely, Zalathna und vielen kleinen Ortschaften, im Ganzen
auf 135 Jahrmärkte ziehen zahlreiche Schäßburger Gewerbsleute.
Die Rothgerber holen von Bistriz und Kronstadt oft Rohleder, von
Kronstadt die Hutmacher Wolle, die Kürschner Felle, die Fleisch-
hauer von Hermannstadt und Kronstadt fette Schweine.

Die Stadt erhob und erhebt noch mancherlei Gefälle und
Zölle. Ob dieselben Förderungs- oder Beschränkungsmittel des
Handels und Verkehres sein, will ich nicht entscheiden. Nach den
Schäßburger Magistratsprotokollen wurde vor 100 Jahren unter
Andern auch der Verkauf von (Hunyader) Eisen, Honig, Käse und
Speck, Tabak, Baumwolle, ferner die Jagd und Fischerei ver-
pachtet. Am 24. März 1762 wurde „der Ausschank, Erzeugung

und Einfuhr des so schädlichen Bieres bei Strafe der Confiscation
verboten, ebenso die Einfuhr des der Bürgerschaft gleichfalls schädlichen Brantweins." Nachher wurde die Erzeugung des Bieres
von der Stadt bis auf unsere Tage „in Arend" gegeben.

Seit 1801 wurde auf die Einfuhr des Weines ein Zoll gelegt, damals ein Kreuzer „Schein" oder W. W. auf den siebenb.
Eimer. Dieser Zoll hat sich unter dem Namen „Thorlösung" bis
auf den heutigen Tag erhalten; doch ist jetzt der siebenb. Eimer
mit 3½ kr. österr. W. belastet. Der durch die Thorlösung gebildete Fond ward schon ursprünglich zum Bau einer Kaserne bestimmt und da nun die Cavalleriecaserne gebaut worden, werden die
weitern Pachtbeträge der Thorlösung zum Bau einer Infanterie-
kaserne angelegt. Die gegenwärtigen Verpachtungsgegenstände der
Stadt sind folgende:

Mühle mit	. .	5302 fl. —	kr. jährl.	Pachtschilling.
Weinschank*)	. .	3211 „ —	„	„
Brantweinschank*)	.	3055 „ —	„	„
Cantine in der Kaserne		82 „ —	„	„
Weinthorlösung	. .	3456 „ —	„	„
Bierbrauerei	. .	591 „ 50	„	„
Marktgefälle	. .	1210 „ —	„	„
Wentschbrückenmauth	.	517 „ —	„	„
Fleischlaube I.	. .	182 „ 03	„	„
„ II.	. .	70 „ —	„	„
„ III.	. .	75 „ 01	„	„
Schüttboden	. .	53 „ 30	„	„
Stadtwage	. .	55 „ 55	„	„
Fleischstellen	. .	21 „ 50	„	„
Schusterthurm	. .	17 „ 50	„	„
Schneiderthurm	. .	8 „ 40	„	„
Schmiedthurm	. .	5 „ 55	„	„
Stadtwiesen	. .	1762 „ —	„	„
33 Abtheilungen Acker und				
Wiesen, zusammen:		2813 „ 85	„	„

Gesammtsumme 22,489 fl. 19 kr. jährl. Pachtschilling.

In wieweit die mancherlei indirecten Staatssteuern, welche
die jüngste Zeit dem Lande gebracht hat, dem Handel und Verkehr in Schäßburg förderlich oder schädlich gewesen, darf nur eine
eingehendere Untersuchung zu bestimmen wagen.

----

*) Seit 1853 verpachtet.

Dem activen und passiven Handel der Stadt dienen außer dem häuslichen Verlage eigener Fabrikate und in jüngster Zeit auch „Auslagen" einzelner Gewerbsleute noch:

I. **Sieben Schnittwaarenhandlungen,** welche, nachdem die Burgprivilegien aufgehört, nun alle auf dem Marktplatze der Unterstadt ihre Verkaufslokale haben. In der Thurmgasse der Burg waren die ehemaligen Verkaufslokale, an welche unsere Väter sich noch erinnern, von Kaufmann Henrich, Schenker, Philippi, Pilgram, Melzer, Kapdebo. Der erste, welcher auf dem Marktplatze ein Schnittwaarenlager hatte, war der Vater der vor kurzer Zeit gestorbenen Brüder Zacharias und Daniel Goldschmiedt. Früher waren nur die sogenannten macedonischen Baumwollgriechen in älterer Zeit Diamandi, Nikulitz, später Petko, Zacharie, „Costandin" (auch „morren zápen un" genannt, weil er auf die Frage: wann man von der frischen Waare etwas erhalten werde, stets jene Worte gebraucht haben soll) und Demian concessionirt gewesen. Nach kurzem Bestande sind in neuerer Zeit folgende Schnittwaarenhandlungen eingegangen: die Handlung des Christian Wagner, später Stephan Henter, des Josef Alesius, Friedrich Henter (Filiale von Fleischer & Gräser in Mediasch), Johann Weiß (Filiale von Popp in Hermannstadt). Es bestehen heute:

1. Daniel Goldschmiedt seit 1788, auf dem Marktplatze seit etwa 36 Jahren und im jetzigen Verkaufslokale am Bache seit 29 Jahren.
2. Zacharias Goldschmiedt; die Handlung trennte sich Ende August 1857 von der frühern ab; jetzt Witwe Zacharias Goldschmiedt.
3. Michael Wädt seit 1843; anfangs Andreas Guth.
4. C. V. Haußenblaß seit 11. April 1856.
5. J. Hanzulowitsch seit 1. September 1856; seit 1. Juni 1866 Hanzulovitsch & Govrik.
6. Franz Török seit Januar 1864.
7. Stein & Melzer seit 1. April 1867.

II. **Fünf Eisenhandlungen,** ebenfalls alle auf dem Marktplatze. Ehemals hatten Legstätten für den Verkauf von Hunyader Eisen von der Stadt in Pacht gehabt:

Martin Zickes, Fleischhauermeister.
Martin Platz, Schmiedmeister.
Friedrich G. Alesius, Fleischhauermeister.
Außer diesen verkaufte in jüngerer Zeit noch der Schnitt-

waarenhändler Christian Wagner, dann Michael Emanuel Melas, Stephan Friedrich Andrä, Eisen.

1. **Stephan Nagy** errichtete 1818 die erste Eisenhandlung.
2. **Friedrich G. Alesius** erhielt auf seine Bitte unterm 27. Januar 1818 die Erlaubniß, sein Eisengeschäft zu erweitern, aber erst unter dem 14. Januar 1854 wurde die Firma: Eisenhandlung des Friedrich G. Alesius unter dem Geschäftsführer Georg Binder protokollirt.
3. **Julius Reichenstädter** seit 1. August 1855; anfangs Reichenstädter & Kremer.
4. **Johann Kremer** seit 1. November 1857.
5. **Albin Zimmermann** seit 27. Juni 1867.

III. Zwei größere Materialhandlungen, seit kürzerer Zeit beide in Verbindung mit Kurzwaarengeschäften:

1. **Johann Baptist Misselbacher & Söhne** seit 1818; anfangs blos Baptist Misselbacher; dann von 1860—1865 Misselbacher & Teutsch.
2. **Joseph B. Teutsch** seit 1. September 1865.

IV. Ein Tabakdistriktsverschleiß in Verbindung mit einer Handlung mit musikalischen Instrumenten seit 1. Mai 1866; bis dahin seit März 1852 Tabakgroßverschleiß.

V. Zehn größere und **zwölf** kleinere **Greislereien**, meist in Verbindung mit Tabaktrafiken. Die erste Greislerei eröffnete Josef Scheménÿ am 24. März 1850.

VI. Eine Buch-, Kunst- und Musikalienhandlung; am 26. Juni 1844 von Julius Habersang aus Leipzig, eröffnet. Drei active Buchbinder werden zeitweilig von ihr beschäftigt.

VII. Zwei Conditoreien*); nachdem zuerst 1850 und

---

*) Nach: Dr. H. R. Hildebrand: „Vom deutschen Sprachunterricht in der Schule" ꝛc. (siehe: Pädagogische Vorträge und Abhandlungen in zwanglosen Heften, 1. Bd. S. 134) sollte man Canditoreien und Canditor sagen „wie noch der gemeine Mann im Königreich Sachsen Canditer sagt, von candiren = mit Zucker überziehen, während die gebildete Welt Conditor darausgemacht hat, als wäre es vom lateinischen condire = würzen und zu würzen hat doch eigentlich der Canditor nichts."

1851 Joseph Schemény mit Hilfe des Ausländers Liebknecht im Kleinen das Conditorgeschäft betrieben, eröffnete in größerm Maßstabe eine Conditorei 1858 Johann Leonhardt und 1865 Demeter Demian durch Bärwinkel.

VIII. 66 Wirthshäuser; darunter zwei größere Einkehrhäuser in der Stadt und mehrere Einkehrhäuser in den Vorstädten.

IX. Drei Apotheken; des:
1. **Karl Kraft** seit 1862; von 1856—1862 Karl Herberth; von 1844 bis 1856 Karl Misselbacher, früher Theophil Misselbacher, noch früher Daniel Stürzer, noch früher Raths- oder Stadtapotheke.
2. **Friedrich Berberth** seit 16. Juni 1846; von 1806—1846 Gottfried Henrich, früher Joh. Misselbacher, noch früher Daniel Stürzer.
3. **Friedrich Schuster** seit 1. Mai 1846; früher Josef Wagner, von diesen im August 1820 als dritte Apotheke neu gestiftet.

Außer den alten Instituten der Zünfte oder Genossenschaften, wie sie jetzt heißen, mit den Bruder- oder Gesellenschaften, ferner der Nachbarschaften, an welchen der Sturm der Zeit gewaltig gerüttelt hat und aus denen in Folge der mancherlei Veränderungen des Lebens der alte sittlich religiöse Geist der Zucht und Ordnung, den Stephan Ludwig Roth in seinem „Geldmangel" 2c. so ergreifend geschildert, längst gewichen ist, — außer den genannten Instituten, die denn fast nur als ein Trümmerwerk gegen früher fort sich fristen, bestehen in Schäßburg jetzt noch folgende Associationen:

1. **Eine Leichen-Gesellschaft** seit dem 10. Mai 1778. Mit ihr vereinigte sich die am 5. März 1782 gegründete zweite Leichen-Gesellschaft im Jahre 1847. Eine dritte am 1. Mai 1782 und eine vierte am 16. August 1782 entstanden, hatten sich bald wieder aufgelöst. Die Gesellschaft zählt jetzt 2079 Mitglieder.

2. **Die (erste) Schäßburger Lese-Gesellschaft**. In Folge eines Aufrufs des Gymnasialdirectors G. P. Binder vom 23. Dezember 1823 wurde am 2. Januar 1824 die Gesellschaft constituirt. Sie zählt jetzt 52 Mitglieder und die Lesebibliothek hat 1345 Bände, hauptsächlich belletristische deutsche Romanliteratur und fremde Romanliteratur in deutscher Uebersetzung.

3. Der Pensionsverein der städtischen Magistrats=beamten seit 1832. .

4. Das (Herrn) Casino im Keime und im Kleinen seit 1838 bestehend, wurde als größere Gesellschaft 1842 constituirt; es hat jetzt 83 Mitglieder und besitzt neben den Einrichtungsstücken im Werthe von 320 fl. ö. W. noch ein angelegtes Kapital von 236 fl. ö. W.

5. Die (zweite) Schäßburger Lese=Gesell=schaft, gegründet am 27. Juni 1841, seit dem 24. Jannar 1847 wo die letzte (achte) Generalversammlung stattgefunden, nicht mehr in Activität. Der Zweck war: Anschaffung von Büchern und Schriften für gewerbliche Interessen. Aus dieser Lese=Gesellschaft auch Bürger=Casino genannt, entwickelte sich

6. der Schäßburger Gewerbverein, welcher am 6. Januar 1847 constituirt wurde, als dessen hauptsächliches Ver=dienst hervorgehoben werden muß: die Dotirung der drei Sonn=tagsschulen für die gewerbliche Jugend Schäßburgs und die Grün=dung der Schäßburger Vorschußkassa. Am 1. Mai 1862 trat die letztere ins Leben; im Jahre 1865 hatte sie bereits 200,000 fl. österr. W. zu verwalten; wenn auch das folgende Jahr einen kleinen Rückgang zeigte, so steht doch zu hoffen, daß das Geschäft noch wachsen werde, zumal, wenn das Landvolk der Umgegend mit Einlagen sich allgemeiner betheiligt.

7. Ein Musikverein wurde 1843 gegründet; activ ist er nicht mehr seiner Bestimmung gemäß; er besitzt aber noch Musikalien, Instrumente und einen Fond von beiläufig 500 fl. österr. W.

8. Ein Zweigverein für siebenb. Landes=kunde besteht in Schäßburg seit dem 4. November 1850.

9. Ein Gustav Adolf=Ortsverein seit 1862.

10. Eine Liedertafel seit 1862.

11. Ein Frauenverein seit 1863.

12. Ein Schützenverein seit 8. Februar 1866.

13. Ein Zweigverein für Landwirthschaft seit 1866.

14. Eine Dilletanten=Theatergesellschaft aus den vierziger Jahren, welche einen Fond, zum Bau einer Schwimmschule von ihr bestimmt, jetzt beiläufig 600 fl. ö. W. verwaltet.

Inländische und ausländische Gesellschaften für Assekuranzen der verschiedensten Art, gegen Brand 2c. dann Lebensversicherungen, Pensionen 2c. 2c (so unter Andern: drei Triester Gesellschaften, der „Anker", „Phönix", „Gresham", „Hungaria", die Kronstädter allg. Pensionsanstalt, die Wiener ꝛc. ꝛc.) haben in Schäßburg Pflegschaften (Agenturen) und zahlreiche betheiligte Mitglieder.

Schäßburg hat bei 8354 Seelen (am Schlusse des Jahres 1866):

Vier Kirchen der Evang. A. B.	bei 5077	Seelen.
Eine röm. katholische Kirche	„ 872	„
Eine griech.-orientalische Kirche	„ 2299	„
Keine Kirchen oder Gotteshäuser haben:		
Evangelische H. B. . . .	77	Seelen.
Unitarier	3	„
Griech.-Unirte	2	„
Bekenner der mosaischen Religion .	24	„

Ferner hat die Stadt:

Ein vollständiges ev. Gymnasium mit	8	Classen	und	142	Schülern.
Ein ev. Seminarium	„ 4	„	„	49	„
Eine ev. Realschule	„ 3	„	„	61	„
Eine ev. Elementarschule	„ 3	„			
darunter die 1. Classe mit 2 Parallelclassen	„			294	„

Zusammen 546 Schülern.

Eine (höhere) ev. Mädchenschule in Verbindung mit einer Nähschule mit 32 Schülerinen*).

Eine mittlere ev. Mädchenschule in Verbindung mit einer Nähschule mit 58 Schülerinen.

Drei ev. Elementarmädchenschulen:
   a) Die Baiergässer mit 88 Schülerinen.
   b) Die Spitalsschule „ 78 „
   c) Die Burgschule „ 29 „
Eine Sonntagschule in 3 Abtheilungen*):
   a) erste Abtheilung mit 34 Schülern.
   b) zweite „ „ 37 „
   c) dritte „ „ 23 „
Eine kathol. (Normal-) Schule mit 29 Knaben.

23 Mädchen.

Zusammen 52 Schüler u. Schülerinen.

---

*) Der Schülerstand der Mädchenschulen und der Sonntagsschule ist der vom Schluß des Schuljahres 1867; alle andern Angaben sind von 1866.

Eine griech.-orient. (romanische) Schule mit: 61 Knaben.

34 Mädchen.

Zusammen 95 Schüler u. Schülerinen.

Außer der Bibliothek der ersten und zweiten Schäßburger Lesegesellschaft finden sich in der Stadt noch folgende:
1. Die Gymnasialbibliothek für Lehrer, gegründet 1684 mit ungefähr 10,000 Bänden.
2. Die Gymnasialbibliothek für die Schüler des Gymnasiums von der 3. bis 8. Gymnasialclasse und für die Schüler des Seminariums mit ungefähr 700 Bänden.
3. Die Bibliothek der 2. Gymnasialclasse mit 107 Bänden.
4. Die Bibliothek der 2. Realclasse mit 50 Bänden.
5. Die Bibliothek der 3. Realclasse mit 14 Büchern.
6. Die Bibliothek der obern oder höhern Mädchenschule mit 147 Bänden.

Ein Sommer-Theaterschopfen findet sich im Gasthofgarten zum „Lamm", vom Eigenthümer Gottfried Orendi senior dazu eingerichtet im Jahre 1852, nachdem daneben zwei Jahre früher von demselben das zweite Wannenbad in Schäßburg (das erste war im Melchiorischen Garten) für den Sommer gebaut worden.

Der Zeichenlehrer am Gymnasium, der Real- und Mädchenschule Ludwig Schuler ist nebenbei zugleich als Maler und Photograph (das letztere seit 1857) thätig und beschäftigt. Wilhelm Seiverth, Johann Seiverth ꝛc. ꝛc. wurden von dem reisenden Photographen Proksch im Frühjahr und Sommer 1852 loco Schäßburg zuerst photographirt.

In Hinsicht der materiellen Lebensgenüsse zeigt die neuere und neueste Zeit einen entschiedenen Gegensatz und Fortschritt zur ältern. Betrachten wir zunächst das Innere der Wohnungen und das Zimmergeräth. An der Stelle des großen „lutherischen" Ofens mit dem offenen Herdfeuer, um welches früher Abends die Familie, Nachbarn, Gevattersleute und Anverwandten sich versammelten, sehen wir nun meist Plattenherde, Sparöfen oder gußeiserne Heizöfen. Die Balkendecken der Wohnzimmer sind schon häufig durch Stuckatur — weniger französisch Stuckatur, meist Stuckatur mit Tippelboden — verdrängt worden; die Fenster sind größer, die Zimmer dadurch heller geworden; der Zimmerboden ist fast durchgängig gedielt; gewichste Fußböden finden sich schon in mehreren Häusern. Das Bapt. Misselbacherische Haus hat seit 1865 auch einen Parketboden. Gepolsterte Sessel, Sofas ꝛc. ꝛc. sind schon häufig und sehr viele Häuser haben, wenn auch nicht einen Salon, doch ein besonderes Parade= oder Gastzimmer, in denen schon öfter statt des ältern Klimperkastens von einem Clavier ein neumodisches Fortepiano steht. In reichen Bürgerhäusern Schäß= burgs war vor 40, 50 Jahren von einem Paradezimmer noch keine Rede. Bei einem reichen Rothgerber z. B. saßen die vornehmsten zu einem Mahle geladenen Gäste in dem Familienzimmer, in welchem auch das Leder zum Trocknen aufgehängt, und bei einem Seifensieder in dem Zimmer, in welchem die Seife auf Stellagen zum Trocknen „aufgekastnet‟ war. Die Wohnzimmer wurden einmal im Jahre nach dem „Weißmachen‟ gescheuert, was jetzt in manchen Häusern öfter, in einigen sogar regelmäßig jeden Samstag geschieht. Spiegel und Bilder an den Wänden waren meist alt= ererbte Gegenstände, selten von besonderem Kunstwerth. Wie ist das jetzt ganz anders! Nicht nur an den Wänden finden wir schöne Spiegel und Bilder mit Goldrahmen, Vorhänge an den Fenstern, sondern auch auf Zier= und Prunktischen kostbare Vasen mit Blumen gefüllt, Albume mit Photographien, Behälter für Visitkarten u. dgl. Eine sehr wirthschaftliche neuere Zierde mancher Wohnungen, welche dem Fortopiano bald allgemein zur Seite treten, oder dasselbe zum Theil verdrängen wird, sind die Näh= maschinen. Wo die Zimmerböden gescheuert und rein gehalten werden, ist der Spucknapf nothwendig geworden. Das allmälige Eindringen von vervollkommneten Wirthschafts= und gewerblichen Ge= räthen durchbricht und beseitigt auch den altererbten Schlendrian in dem Handwerk und der Hauswirthschaft; ich erwähne nur die Windöfen, Waschmaschinen; ob die größere Verbreitung der Bett= wärmer, Nachtgeschirre ein Zeichen der Verweichlichung und zu weit gehender, unästhetischer Bequemlichkeit sei, werden die Alten und Jungen wohl verschieden beantworten.

Die ältere Zeit sparte an den Kerzen. Noch im Jahre 1816 pflegte Rector Zay, wenn er von 6 bis 7 Uhr morgens Früh im Winter Theologie hielt, sein „Stämmchen‟ Kerze, das er in der Rocktasche auf die Schule gebracht hatte, nur auf so lange an= zuzünden, bis er einen oder zwei Paragraphen aus Döderlein ge= lesen, worauf er dasselbe wieder auslöschte, in die Tasche steckte und im Dunkeln bis zum Schlag der Stunde darüber sprach. In den Privathäusern lieferte das auf offenem Herde im lutherischen Ofen brennende Feuer die gewöhnliche Zimmerbeleuchtung; wollte man zu besonderm Zwecke mehr Licht, so brauchte man für kürzere Beleuchtung Haselfackeln, für dauerndere höchstens e i n e Kerze. Jetzt verbrennt Schäßburg außer dem vielen Oel, Photogen,

Petroleum (das letztere seit 4 Jahren von Kaufmann Johann Kremer verkauft) und Ligroine (seit 4 Wochen als Handelsartikel bei Kaufmann Josef Teutsch) in den Lampen, noch an 300—400 Centner Unschlitt-, 25—30 Centner Stearin- und an 3 Centner Paraffinkerzen. Die letztern als Rarität von einem hiesigen Bürger Namens Schönauer im Sommer 1862 aus Dresden hieher gebracht, sind erst seit zwei Jahren im Handel. Seife verwäscht Schäßburg jährlich jetzt an 250 Centner.

In den Speisen und Getränken ist die neuere Zeit viel wählerischer und genußsüchtiger als die frühere. Zur alten einzigen „Kächen" beim Mittagstisch an Wochentagen kommt jetzt noch häufig eine „Zuspeis" oder Braten, oder beides zugleich und zum Schlusse Obst, was früher nur an Sonn- und Festtagen und bei gelegentlichen Gastmählern zu geschehen pflegte. Die alte ehrliche sächsische Hanklich und der mâre hibes (mürber Kuchen) unter dem Backwerk wird von der großen Zahl der verschiedenen Torten stark verdrängt. Viele Centner des feinsten Mehles werden jährlich verbacken und an 50—60 Kübel Gerste und 40 Centner Reis verbraucht jetzt Schäßburg in einem Jahre neben der Masse von Gemüse, welches die vielen Gärten der Stadt in die Küche liefern.

Das Eßzeug hat sich verfeinert: die irdenen und hölzernen Teller haben porcellanenen meist den Platz geräumt, die irdenen Weinkrüge den gläsernen Flaschen und Wasserkännchen. Servietten kommen immer mehr in Gebrauch, während man früher die überhängenden Enden des Tischtuches dafür anwendete; auch hat in nicht gar armen Häusern jeder Tischgenosse nun seinen eigenen Becher zum Trinken, während in älterer Zeit aus dem Weinkrug oder aus einem einzigen Becher von allen getrunken wurde. Der Wein und bei der gemeinern Classe der verhältnißmäßig billigere Brantwein behaupten sich noch als beliebte Getränke. Dem Wein macht seit den zwei letzten Jahren das eingeführte Bier (hauptsächlich Orlather in der Niederlage bei Kaufmann Josef Teutsch) Concurrenz, indem bereits an 300—400 österr. Eimer in Schäßburg jährlich getrunken werden. Der Verbrauch von Kaffee und Zucker hat gegen früher bedeutend zugenommen. Vor 50—60 Jahren gab es nur wenige Familien in Schäßburg, in denen Kaffee gefrühstückt wurde. Der Sohn von Dr. Ziegler wurde von seinen Schulkameraden lange Zeit kafêbutch genannt, weil er als der einzige Knabe Kaffee im Elternhause frühstückte. Den Zucker kaufte man damals meist loth- oder höchstens viertelpfundweise und auch nur aus den Apotheken. Als der alte Baumwollengrieche Petko einmal 12 Zuckerhüte zugleich gebracht und in seiner Handlung aufgestellt hatte, liefen die Leute hin, um das Wunder zu sehen.

Jetzt werden in Schäßburg an 600 Centner Zucker (in manchen
Häusern geht bedeutend mehr Zucker auf als Salz), an 200 Centner
Kaffee und an 100 Center Surrogat=Kaffee jährlich verbraucht.
Chocolade, Rum (Tschai und Puntsch) sind seit einiger Zeit weniger
beliebt. Dafür consumirt jetzt Schäßburg jährlich noch 6—10
Centner Dinte und an 250 Riß Papier.

Das Tabakrauchen hat trotz des Tabakmonopols, welches
den Genuß weit kostspieliger macht, bedeutend zugenommen und
zwar haben in letzter Zeit die Zigarren der verschiedensten Art,
insbesondere Papierzigarren mit türkischem Tabak die Pfeife in den
Hintergrund gedrängt. Die erste Zigarre brachte als eine Rarität
Hauptmann Friedrich Wultschner im Jahre 1815 aus Frankreich
nach Schäßburg. Als Handelsartikel hat die Zigarren und zwar
Fuchsische Zigarren aus Pest zugleich mit den Theresia Preschel=
'schen Streichhölzchen hier Buchhändler Julius Habersang im
Jahre 1844 zuerst eingeführt. Die Streichhölzchen brachten nicht
nur den Fackele Misch, der mit Haselfackeln handelte, in Schäß=
burg um seinen schmalen Erwerb, sondern beseitigten auch die pri-
mitiven Feuererzeugungsmittel das der Tischler mittest der verkohlten
Hobelspäne, das mittelst Feuerstein, Stahl und Schwamm u. dgl.
und entledigten der altherkömmlichen Sorge für glühende lebendige
Kohlen in Abends darüber gescharrter Asche.

Das Tabakschnupfen hat an seinem alten Ansehen trotz der
schönen Dosen, auf die er sich lange gestützt, sehr verloren.

In Kleidung und Körperschmuck hat die wechselnde Laune der
Mode, dieser allgemeinen Thrannin des Menschengeschlechtes,
insbesondere seitdem die gewerbliche Bevölkerung der Stadt die
einfache alte Volkstracht aufgegeben — die bäuerliche Bevölkerung
der Stadt hat sie bis auf diesen Tag bewahrt — mancherlei, zum
Theil rasch wechselnde Veränderungen herbeigeführt. Der alte
Zopf mit dem Puder und das Langhaar der Männer sind längst
der Scheere verfallen. Der emeritirte Bürgermeister Karl von
Sternheim war als Studirender am Hermannstädter Gymnasium
einer der ersten, der sich durch seinen Freund Ackner, den verstor=
benen Pfarrer von Hammersdorf, zu Anfang des Jahres 1804
„titusiren" d. h. den Zopf abschneiden und die Haare kurz scheeren
ließ. Die Sitte verbreitete sich bald auch in Schäßburg und er=
griff auf eine kurze Zeit sogar die Frauen und Mädchen. Die
verstorbene Frau Senatorin Polder, die jetzige Bürgermeisterin
Frau von Sternheim, die jetzige Frau Bischofin Binder, die Frau
Johanna v. Hochmeister 2c. 2c. ließen sich „titusiren". Der im
Jahre 1848 verstorbene Arkeder Pfarrer Martin Schuster soll
seinen Zopf bereits im Jahre 1802 in Deutschland zurückgelassen

haben. Nachzügler von Zöpfen und Langhaar aber haben sich fast bis auf unsere Tage herab erhalten. Entsetzlich war der eine Zeit lang herrschende Kopfschmuck der Männer: der „Kakadu." Die Haare wurden von vorne und den Seiten des Kopfes spitz zu gekämmt und mittels Pomade in dieser letzten Form erhalten. Um den „Kakadu" zu schonen, spazierten die Männer mit dem Hut unter dem Arm; die drei Freunde G. P. Binder, Devai und von Sternheim gingen oft Arm in Arm, den Hut in der Hand stolz auf ihren Kakadu und forderten das Jahrhundert in die Schranken. Aber den schönsten „Kakadu" in Schäßburg, welcher die Mädchenwelt bezauberte, hatte ein Kaufmannsdiener Namens Lani aus Bistriz. Nach dem „Kakadu" kam kurze Zeit die Verzausung („Verruschelung") des Haupthaares in die Mode*). Bärte und Schnurrbärte lange Zeit verpönt tauchen zwischen glattrasirten Gesichtern in der neuern und neuesten Zeit immer häufiger auf. Frack und Zilinder in ihren mancherlei Wandlungen haben ihre Herrschaft, wenn auch in kleinerm Umfange doch seit lange auch über Schäßburg geübt. Die engen in die ehemals steifen und schön gewichsten Stiefelröhren gehenden Hosen haben den Pantalons das Feld fast vollständig geräumt. Nachdem man die Kinder etwas früher damit zu kleiden angefangen, trug an Werktagen von den Männern in Schäßburg die Pantalon zuerst der Lector Friedrich Thellmann (er starb als Pfarrer zu Schaas 1859) und im Jahre 1836 wagte es bei der feierlichen Gelegenheit des öffentlichen Schulexamens zuerst darin aufzutreten der Collaborator III. Mich. Gottlieb Schuller, jetzt Superintendentialvicar und Pfarrer von Schäßburg. Der Schäßburger Stadtpfarrer Georg Müller ist bis zu seinem, im Jahre 1845 erfolgten Tode den engen Hosen treu geblieben. Nachdem Handschuhe (schiwlenk), gestrickte und aus Saffian, schon früher vereinzelt bei Männern vorgekommen, fing die männliche Jugend theilweise schon Anfang der 30-ger Jahre an, durch Glacéhandschuhe zu glänzen und die öffentliche Aufmerksamkeit auf sich zu ziehen. Unter den Studenten der Schäßburger Schule war einer der ersten Johann Hintz, jetzt Landesadvocat in Kronstadt, der Glacéhandschuhe trug.

Bei den Frauen wurde der festliche Kronstädter Hut (Wintertracht) und die Kronstädter Haube (Sommertracht) und der Borten bei den confirmirten Mädchen gegen das Jahr 1820 ab-

---

*) So bewahrheitete sich auch hier ein Wort von Wilhelm Wachsmuth in seiner Culturgeschichte: wo die Mode waltet, liegt Vernunft und ästhetisches Urtheil im Bann."

gelegt. Sara Hoch wurde noch als die letzte im Jahre 1822 im Borten copulirt. Der schöne hochfestliche Schmuck des „Schleierns" und „Bockelns" bei Frauen, namentlich jungen, der ältern Zeit ist auch abgekommen. Ein neuerlicher Versuch, die verstorbene Sitte neu zu beleben, ist mißlungen. Es hieße eine Geschichte der menschlicher Thorheit schreiben, wollte man die vielfach wechselnden Formen des Kopfputzes bei Frauen und Mädchen seit dem Jahre 1820 beschreiben. Nur erwähnt sei der eine Zeit lang herrschende Kopfputz a la Giraffe, welche Mode in Wien und Oesterreich auf eine Giraffe sich stützen soll, welche der Kaiser von Brasilien dem Kaiser von Oesterreich geschenkt hatte. — Der Chignon als Kopfschmuck unter den Frauen und Mädchen ist erst in diesem Jahre in Aufnahme gekommen. Aber die Großherrscher im Reiche der Mode sind doch die Schneider, welche das Weib wie den Mann im großen Ganzen zu schmücken berufen sind. Wer könnte da die Phantasie der Schneider, wie sie sich in Erfindung der verschiedensten Formen und Schnitte namentlich weiblicher Kleider offenbart, würdig preisen? Doch es wäre auch rein unmöglich, die fast Jahr für Jahr wechselnden Formen der verschiedenen weiblichen Kleider seit dem Jahre 1820 an den Frauen und Mädchen der Stadt alle aufzuzählen und zu beschreiben. Ich erwähne allein die vielfach mit Unrecht verschrienen Krinoline, welche in mancherlei Wandlungen seit 1858 in ihrer jetzigen Gestalt auch bei der Frauenwelt Schäßburgs den Sieg über die mehrfachen Unterröcke davon getragen hat. Daß der Tyrannei der Mode, welche oft die Gesundheit und das Leben sogar gefährdet, das weibliche, schöne Geschlecht mehr als die Männerwelt unterworfen ist, ist natürlich und wenn das in Schäßburg auch der Fall ist, so braucht man darüber sich nicht zu verwundern*).

Ich erwähne noch den in neuerer Zeit häufigeren Gebrauch der Taschentücher, auch bei Kindern. In der ältern Zeit schneuzte man sich mit der „Arkeder Lichtscheere", den zwei Fingern der rechten Hand und warf den Ueberfluß der Nase weg, wie man auch aus dem Munde vor sich hinspuckte oder im Zimmer hinter die Thüre damit ging; Kinder gebrauchten auch ihre Hemd- und Rockärmel als Taschentücher.

Der Luxus in der Kleidung ist erst in neuerer Zeit auch auf die Kinder übergegangen. Auch „Herrn"-Söhne und Töchter waren in älterer Zeit im Sommer mit grober, im Hause gefer-

---

*) Den Toilettetisch der Damen und Galanthommes mit seinen neuern Bereicherungen übergehe ich.

tigter Leinwand gekleidet; die „Schüleraner" d. i. die Elementar-
schüler und ersten A. B. C.-Schützen gingen im Sommer auch nur
in bloßen Hemden in die Schule. Im Winter trugen die Knaben
eine Ueberjacke (Spenser) aus Schäßburger Tuch mit Flanell ge-
füttert oder ein Pelzchen (koşokchen), das bei mehreren Kindern
im Hause auf alle sich vererbte. Die Kopfbedeckung bestand bei
den Knaben in einer runden schildlosen Mütze im Sommer, aus
einer einfachen weißen Pelzmütze im Winter; — bei Mädchen aus
gar nichts, außer Haar und Zopf oder einem Strohhut, einem
Tuch. Jetzt werden die Mädchen in buntfarbiges Cattun gekleidet,
tragen Hüte von den mannigfachsten Formen; die Knaben haben
Sommer- und Winterröcke und kostbare und weniger kostbare
Hüte und Mützen der verschiedensten Art durcheinander und
auch kleinere Kinder werden in manchen Häusern fast tagtäglich
als Zierpupen ausstaffirt. Auch ist der Gebrauch der Taschenuhren unter der erwachsenen männlichen Jugend häufiger geworden;
selbst bei Damen und Frauen hat die Sitte der Taschenuhren begonnen.

Das gesellige Leben und die Festlust ist gegen die frühere
Zeit weit künstlicher und kostspieliger geworden. Welche Anstren-
gungen und Vorbereitungen kostet jetzt das weibliche Geschlecht z. B.
ein Ball! Vor 50 Jahren gingen Mädchen aus Senatorenhäusern
in weißen Kleidern aus Leinwand zum „Tanz", welche die Mutter
selbst gesponnen hatte. Das Kleid brauchte nur gewaschen, ge-
trocknet, gebiegelt zu werden und man war fertig; jetzt aber braucht
es oft zwei volle Tage schwere Arbeit, um die feinen, rauschenden
Ballgewänder in den erwünschten Zustand zu versetzen. Auch
mußte es in älterer Zeit nicht immer ein schön geschmückter und
hellbeleuchteter Saal sein, in dem man tanzte. Im Jahre 1780
tanzten die Schäßburger Studenten einmal in einer Scheune in
der mittlern Baiergasse und der damalige Rector Zay, der zum
Tanze ging, machte sich durch die herumstehenden gaffenden säch-
sischen Bauernburschen (sachsesch knecht) durch den derben Zuruf
eine Gasse: „Platz, wenn der große Schulmeister kommt!"

Die Kindstaufen, Hochzeiten, Sitttage (Richttage) der Zünfte
und Nachbarschaften, die kirchlichen Hochfeste u. dgl. m. sind noch
wie früher Gelegenheiten zu festlichem Vergnügen, das theilweise
stiller, theilweise rauschender ist als früher.

Von den jetzt bestehenden öffentlichen Gärten ist der Mel-
chiorische der älteste, welcher an Wochentagen Nachmittag manche
„Herrn" und an Sonn- und Festtagen „Herrn" und Bürger und
Gesellen zu Billard-, Kegel- und Kartenspiel hinauslockte. Die
Lust der Männerwelt, öffentliche Gärten zu besuchen, ist jetzt eher
im Steigen als im Abnehmen; manche Familien vergnügen sich

aber an Sonn= und Festttagen auch für sich in ihren schönen Gärten, Baumgärten oder Erbgrundstücken (ärweren).

Wie Vieles ist noch in Schäßburg und im Leben um uns überhaupt anders geworden, als es früher war! Ich will Einiges noch kurz berühren.

Das alte A=B=C=Buch mit dem Hahn auf der Rückenpappel (kokeschblât) und der kleine lutherische Katechismus — ich meine Format und Einband — mit den hölzernen Pappeln und der alte Donat, Molnár ꝛc. ꝛc. sind aus der Schule gewichen und seit der Zeit haben schon viele Bücher statt jener gewechselt und keines hat noch eine dauernde und für lange gesicherte Herrschaft sich errungen. Die Schulsprache oder „das Latein", wie es früher bei den „Schüleranern", Knaben=Elementarschülern, welche vor dem Jahre 1850 in kleinern Abtheilungen von den „Togaten" des Seminariums unterrichtet wurden, üblich war, wird seit der Einrichtung der öffentlichen Knaben = Elementarschule im genannten Jahre den Schülern der untersten Elementarclassen der Knaben sowie den Mädchen der Elementarclassen aus der Schule noch immer nach Hause mitgegeben. Freilich ist das „Latein" jetzt nicht mehr ein lateinischer Spruch, sondern ein deutscher, der aber vor Ent= stellungen oft eben so wenig als der frühere lateinische und säch= sische auf dem Wege nach Hause, geschützt ist. Quidcito, ficito perit (quid cito fit, cito perit); — festina lente (fastijen länden thê = fastigen Lindenthee); — memento mori (me mentê äs môrich); — em săl den härre férchten (em săl de härre wérjen); — gehîrşem äs bêszer dän opfer (e kîrschner äs bêszer wœ e schoster) ꝛc. ꝛc. und viele andere stehen noch in lebendiger Erin= nerung der ältern Schäßburger. Und wenn das „Latein" bis nach Hause vergessen wird, weiß noch mancher Junge durch den her= kömmlichen Spruch:

Et kăm e wăld schwénj = es kam ein wildes Schwein,

Et frâsz mer det laténj = es fraß mir das „Latein",
sich zu entschuldigen. Statt des Turnens, welches in Schäßburg seit 1849 betrieben, die Schuljugend jetzt körperlich rüstig und tüchtig machen soll, kletterten vor jener Zeit die Schulknaben auf dem Thurm und Kirchendach der Bergkirche, auf den Burgmauern um die Bergkirche und auf den Ruinen des Goldschmiedthurmes herum, erstiegen die höchsten Ulmen (im Frühjahr 1836 wurden die alten mächtigen Ulmen abgehauen) und aus der Spitze derselben hörten die Lehrer in dem nahen Collegigärtchen oft statt Vogelgesang deus Gott, mundus die Welt, coelum der Himmel, stella der Stern, qui maribus solum tribuuntur, mascula sunto ꝛc. ꝛc. oder es sahen die Lehrer in der am Mittwoch Nachmittag gewöhnlich

zum Spiele freigegebenen Stunde zu, wie die Schulknaben im Frühjahr in der „Schießkaule" (scháskél) am südlichen Abhange des Schulberges den Ball am Boden den Berg aufwärts schlugen oder hinter der Kirche Ball spielten; „Burg" oder „Ausmaß" u. dgl. oder wie sie in große Parteien getheilt mit Ruthen und Stecken bewaffnet gegen einander homerische Kämpfe führten oder das „Räuber" spielten oder wie sie im Winter auf Schneeschuhen in oft eisigen und gefährlichen Gleisen den Berg hinabrannten ꝛc. ꝛc. Auch vornehme Herrn wie Dr. Misselbacher und Martin Balthes verschafften sich im Winter bei Mondschein zuweilen das Vergnügen mit ihren Frauen auf dem damals „bergigern" Marktplatz auf einem einfachen hanté (Knabenschlitten) Schlitten zu fahren.

Bis zum Jahre 1848 bestand hier auch die Sitte der sogenannten „Leichenkarten" bei „Vornehmen" und „Herrn", welche an den Sarg des Verstorbenen geheftet wurden, und wenn mehr als zwei Karten gemacht worden, auch an das Leichenhaus und an den Eingang der Schultreppe; nach der Beerdigung behielten die Erben des Verstorbenen die Leichenkarten zur bleibenden Erinnerung. Den Text (nach einer allgemeinen kurzen Einleitung Name und Leben des oder der Verstorbenen und ein Gedicht) machte herkömmlicher Weise der Rector des Gymnasiums, wofür als gewöhnliches Honorar ein Thaler entrichtet wurde. Die Zeichnung und die Abschrift des Textes besorgten in der Regel Schüler des Gymnasiums, in letzter Zeit: Johann Fabini, Joseph Haltrich, Eduard Krauß, Johann Orendi, Adolf Friesel.

Vor kurzer Zeit noch war das Soldatenfangen durch plötzlichen Ueberfall bei der Nacht und die Werbung üblich, die letztere gewöhnlich durch die schönsten Hußaren unter Tanz und Musik und Herumtragen eines großen Tellers mit Silberzwanzigern und Thalern ausgeführt. Der Gefangene oder Angeworbene war dann auf das ganze Leben zum Militärdienst verpflichtet. Man fing aber bloß die Jünglinge aus den Häusern der Armen und das „lieberliche" Volk. Vornehme und Reichere konnten sich durch Stellung eines Ersatzmannes oder durch andere Mittel von der Heerespflicht freimachen; so wurde für Kaufmann Stephan Nagy im Jahre 1816 von dessen Vater ein Ersatzmann um 200 Gulden angeworben und gestellt. Die weit menschlichere Conscription mit Losung und anfangs auf 12 Jahre Capitulationszeit begann erst 1846 und jetzt endlich gehen wir der allgemeinen Wehrpflicht entgegen, welche, wenn sie vernünftig durchgeführt wird, ein wesentlicher Fortschritt gegen früher genannt werden kann.

Die ältern Schäßburger und Siebenbürger kannten keine Gensdarmen, Finanzer, keine Stempel, kein Tabaksmonopol, keine

Jagdkarten (welche noch vor Kurzem bestanden); das sind neuere Errungenschaften, deren die westlichen Culturländer meist schon seit lange theilhaftig sind.

Endlich erwähnen wir, daß der Geldwerth seit etwa 20 bis 30 Jahren, wie in Siebenbürgen überhaupt, so auch in Schäßburg um das zwei- bis dreifache gesunken ist: „Conventions-Münze" ist im Werthe — „Schein" oder „Wiener Währung" geworden.

Vergleichen wir schließlich die ältere oder sogenannte „gute alte" Zeit noch im Allgemeinen mit der unsrigen, so werden wir finden, daß es in vielen Beziehungen besser, in manchen aber schlimmer geworden. Was die äußere Ausstattung des Lebens betrifft, so ist da ein gewaltiger Fortschritt nicht zu verkennen: man ißt besser, wohnt besser, kleidet sich besser; die Theilnahme an den öffentlichen Angelegenheiten ist allgemeiner; der Geschmack ist in vielen Beziehungen reiner, geläuterter; ist aber auch die tiefere, geistig sittliche Bildung bei uns im Wachsthum begriffen, haben wir an edler, christlicher Menschenliebe, dem Wahrzeichen aller echten Bildung zugenommen?

Das Schäßburger Magistratsprotokoll vom 5. April 1788 enthält Folgendes: „Laut Verordnung des k. Commissärs ddto. 3. März Nro. 460 ist einzuberichten, ob in hiesiger Stadt zur Untugend, Trunk 2c. 2c. geneigte Bürger seien und was die Ursache?

Zu antworten: Daß in hiesiger Stadt keine Laster herrschend geworden, daß wohl hie und da Untugenden mit unterliefen und besonders unter den Maurern und Zimmerleuten manche zuweilen in dem Trunke ausschweiften aus Mangel einer bessern Erziehung und dem natürlichen Hange des verderbten menschlichen Herzens — doch auch dieses beginne abzunehmen."

Seitdem sind 79 Jahre verstrichen; ich will es nicht behaupten, aber bescheidentlich hoffen und glauben, daß es seit der Zeit bei uns allen und so auch bei den Maurern und Zimmerleuten nicht schlimmer geworden.

Die ältere Zeit war die Zeit der patriarchalischen Beamtenherrschaft, der Absonderung der vornehmen Geschlechter, der tiefen Complimente von Seiten der Bürger, des steifen Ceremoniels; die neuere Zeit ist die der socialen Ausgleichung, des erwachten ersten übersprudelnden Selbstbewußtseins der Bürger, des Strebens nach Gleichheit und Gleichberechtigung. Daß im Zusammenstoß und Kampf der Gegensätze oft auch unedle Leidenschaften ihr Spiel treiben, ist der menschlichen Schwäche eigen; am Ende wird und muß aber doch siegen, was recht und gut ist.

Die ältere Zeit war die Zeit der Familienhaftigkeit, des

innigeren Zusammenlebens der Hausgenossen unter einander, dann mit den Anverwandten, Nachbarn, Freunden. Das Leben war damals mehr nach Innen gekehrt still und friedlich; jetzt ist es mehr nach Außen gekehrt, bewegt, geräuschvoll, ohne Rast und Ruhe. Die neuere Zeit ist die Zeit der innern Vereinzelung trotz der vielen Vereine, der gemüthlichen Verzettelung und Zerbisselung; darin liegt eine große Gefahr.

Die ältere Zeit war strenger und derber in der häuslichen Kinderzucht als die unsrige; aus den Knaben und Mädchen wurden damals Knechte und Mägde, welche arbeiten und folgen mußten, nicht nur bis zu ihrer Mündigkeit und ihrem Austritt aus dem Elternhause, sondern welche auch nach dieser Zeit den Eltern bis in deren hohes Alter kindlich unterthan sein mußten, welche aber in Folge der Erziehung in der Regel es auch gerne waren. Jetzt werden in manchen Häusern vor der Zeit aus den Knaben junge Herrn und aus den Mädchen und ehemaligen Jungfrauen Fräuleins, welche den Eltern befehlen, statt ihnen zu gehorchen, denen nur Spiel und Tand, nicht aber die Arbeit und die Vorbereitung auf den Ernst des Lebens behagt.

Die ältere Zeit war verhältnißmäßig, gegenüber den ehemaligen Bedürfnissen, stärker in der Arbeit; wir sind es im Genuß; sie erwarb im Durchschnitt mehr, als sie verzehrte; wir machen es im Ganzen umgekehrt. Mögen auch die vielen indirecten Steuern, darunter das Lottospiel, welches bereits die ältere Zeit gekannt und welches nach einem Durchschnitt vieler Jahre in Schäßburg jährlich 3846 fl. österr. W. wegraubt, dann die vielen neuern indirecten Steuern, welche die frühere Zeit nicht gekannt und die veränderten Weltverhältnisse das ererbte und neuerworbene Gut uns mit zerstören helfen und unsern Wohlstand untergraben, das Meiste verschlingt doch der Götze der Genußsucht, dem wir in allerlei Gestalten täglich Opfer bringen. Eine Mutter mit 5 bis 6 Kindern hat jetzt von Morgen bis Abend vollauf zu thun, um nur die eiteln Bedürfnisse des Tages bei ihren Kindern zu befriedigen, während eine solche in älterer Zeit bei dem Mangel dieser Bedürfnisse neben der Sorge für ihre Kinder noch im Stande war, nicht nur zu spinnen, die Leinwand zu weben, zu färben und davon ihren Kindern selbst Kleider zu machen, wenn sie auch nicht nach dem neuesten Schnitt waren, sondern durch Wollespinnen noch etwas für das Haus zu verdienen. Bei unsern Vorfahren, namentlich der ältern Zeit und lange vor 1848 kam das Vergnügen und die Festlust nach schwerer Arbeit als Würze derselben; da galt noch, was Göthe am Schlusse seines Schatzgräbers sagt:

Tagesarbeit, Abends Gäste,
Saure Wochen, frohe Feste!

Jetzt wird, wie es scheint, das Vergnügen und die Festlust oft an den Haaren herbeigezogen und am Schopfe gefaßt und festgehalten.

Die ältere Zeit war endlich im großen Ganzen gottesfürchtiger, frömmer als wir; darum verzagten unsere Vorfahren in allen Nöthen, die sie trafen — wir erinnern nur kurz an die mehrfachen entsetzlichen Feuersbrünste in der Stadt, Belagerungen, Hungersnoth, Heuschrecken, Seuchen, Pest 2c. 2c. — nicht; wir aber glauben gleich, wenn sich der Himmel über uns und über unserm Volke etwas trübt, daß wir zu Grunde gehen müßten und daß es die schlimmsten Zeiten seien, in die unser Leben gefallen. Was Riehl: die bürgerliche Gesellschaft S. 61 von den Deutschen sagt: „Unsern Vätern und Großvätern ging es in der Regel weit schlechter als uns selber; sie lebten auch in viel trostlosern Zeitläuften, aber es fiel ihnen gar nicht ein, zu verzweifeln — sie hatten noch gesunde Nerven wie die Bauern und schlugen sich mit Gottes Hilfe durch, wie diese" — gilt auch von uns und unsern ältern Vorfahren.

Unsere Zeit dürfen wir nicht anklagen, wenn wir uns nicht selbst anklagen wollen; sie ist eine große, aber sie findet an uns, wenn wir feige uns ducken und verkriechen oder nur weichlichem Genuße uns hingeben und nicht muthig und tapfer mitstreiten, ein kleines Geschlecht. Wer jetzt ehrlich und den gesteigerten Culturbedürfnissen entsprechend leben will, muß sich wahrlich die Augen aufthun und rühren mehr als früher. Die goldene Schlaraffenzeit des süßen Friedens und Schlenderns vor dem Jahr 1848 mag die Sehnsucht manches ältern Menschen wohl leicht bestricken, aber wer noch Kraft in seinen Adern fühlt und männlichen Muth und Thatenlust in seiner Seele, muß mit dem edlen Hölderlin über unsere Zeit und ihre hohen Aufgaben schwerer Mühen, aber auch ruhmvoller Siege ausrufen: „Triumph, die Paradiese schwanden!" Und wer möchte nicht in das schöne Wort Huttens über seine Zeit, der die unsere so ähnlich ist, jetzt eben so jubelnd einstimmen: „O Jahrhundert, o Wissenschaften! Es ist eine Freude zu leben! Es blühen die Studien, die Geister regen sich: Du nimm den Strick, Barbarei und mache dich auf Verbannung gefaßt!"

Arbeitslust, Wissen und ein gutes Gewissen werden auch fernerhin, wie sie es immer gewesen, die besten Bausteine des wahren Lebensglückes sein für Einzelne, wie für ganze Gemeinwesen. Mögen dieselben dem jetzigen und den künftigen Geschlechtern unserer Stadt und unseres Volkes immerfort erhalten bleiben! Das walte Gott.

———————